하염없이 낮은 지붕

시작시인선 0289 하염없이 낮은 지붕

1판 1쇄 펴낸날 2019년 4월 30일
1판 2쇄 펴낸날 2020년 6월 30일
지은이 김용락
펴낸이 이재무
책임편집 박은정
편집디자인 민성돈, 장덕진
펴낸곳 (주)천년의시작
등록번호 제301-2012-033호
등록일자 2006년 1월 10일
주소 (03132) 서울시 종로구 삼일대로32길 36 운현신화타워 502호
전화 02-723-8668
팩스 02-723-8630
홈페이지 www.poempoem.com
이메일 poemsijak@hanmail.net

ⓒ김용락, 2019, printed in Seoul, Korea

ISBN 978-89-6021-425-5 04810
      978-89-6021-069-1 04810(세트)

값 9,000원

하염없이 낮은 지붕

김용락

천년의 시작

시인의 말

이 시집은 나의 여섯 번째 시집이다. 첫 시집과 두 번째 시집을 서
울 창비에서 내고 23년 만에 다시 서울에 있는 천년의시작 출판
사에서 시집을 낸다. 지난 20년간 나는 지방(대구)에 있는 출판사
에서 시집과 평론집을 포함한 모두 10여 권의 개인 저서를 출간했
다. '문화분권'을 해야 한다는 지론을 지키기 위해서였다. 분권은
민주주의의 본질이다.

지역 문화가 피폐한 현실에서 민족 문화가 꽃피기 어렵다는 건 엄
연한 진실이다. 창작과 출판, 유통을 위한 지역 문화인들의 발군
의 노력 못지않게 국가의 강력한 정책적 뒷받침이 절실한 이유이
다. 이런 현실에서 시집을 다시 서울에서 내게 된 것은 35년 문학
외우 이재무 형의 권유와 도움 때문이다. 그의 우정에 감사한다.

시집의 제목을 애초 '하염없이 지붕 낮은 집'으로 했다가 염무웅 선
생님의 권유로 '하염없이 낮은 지붕'으로 바꾸었다. 더 잘된 것 같
다. 시집을 내면서 많은 분들의 도움이 떠올랐다. 특히 표4를 써
주신 염무웅 선생님은 내가 두 볼이 빨갛던 20대 초반에 대구에서

처음 찾아 뵌 이래 40년 가까이 원근에서 가르침과 은혜를 입고 있다. 그때 선생님을 만나게 된 건 당시 해직과 구금과 같은 시대 상황 때문에 어쩔 수 없이 선생님께서 대구에 오신 것 같은데, 내게는 운명적이면서도 큰 행운이었다.

문학뿐 아니라 선생님의 인품에서도 많은 가르침을 받았으나 워낙 나 자신이 비재하여 어디 가서 선생님의 가르침을 받았다고 말하기조차 부끄러워 안타까울 뿐이다. 이 시집에 실린 시「입경入京」은 선생님 이야기이다.

좋은 해설을 써주신 유성호 교수님과 시집의 1부에 실린 시들을 쓸 수 있도록 도와준 한국국제문화교류진흥원(KOFICE) 젊은 동료들에게도 감사드린다.

2019년 3월 명륜동에서 김용락

차 례

시인의 말

제1부

제3부

제4부

제5부

해 설

제1부

양羊

몽골 대평원에 양 떼들이 평화롭게 풀을 뜯고 있다
푸른 하늘에는 양떼구름이 유유히 흘러간다
이렇게 선善한 것들이 남모르게 이 세상을 이끌어가는
가 보다

(2018. 8. 20.)

오브스주州 울란곰*

몽골 수도 울란바토르에서
북쪽으로 1500km 떨어진 러시아 접경
그래서 전기도 러시아 전기를 끌어다 쓴다는
절전한다고 오전 4시간을
예고 없이 정전을 해 사람을 놀라게 하는

일제 신형 도요타 지프차로 17시간
칭기즈칸 국제공항에서
국내선 프로펠러 비행기로는 3시간 30분
산속 중의 산속, 깊은 원시

오브스주州의 주도 울란곰은
멀리 설산을 배경으로
동화 속의 집들처럼 빨강 파랑
낮은 지붕들로 작은 마을을 이루고 있다

저렇게 하염없이 지붕 낮은 집에는
분명 이 세상에서 가장 착한 사람들이
살 거라는 믿음을 주는 울란곰

시골 초등학교에 '땡큐 스몰 라이브러리'**
작은 도서관을 지어주었다
착한 영혼의 등불을 한 채 켜주었다

(2018. 12. 2.)

* 울란곰: 몽골의 지방 도시.
** 땡큐 스몰 라이브러리: 한국국제문화교류진흥원이 저개발국가를 대
   상으로 하는 ODA(지원 사업)의 명칭이다.

파나마에서

중남미 나라 파나마
수도 파나마시티
무슨 말 못할 사연이 있는지

고향과 본처와 딸자식을 버리고
낯선 타관에서 이국 여자와 살고 있는
경상북도 안동 역전 재건하숙이
집이었다는 사내

케이팝 한류를 전파하러 온
나를 붙들고
고향 까마귀라며 부끄럼도 잊은 채 흐느낀다

비 갠 파나마운하
작열하는 남미의 태양
아! 기막힌 운명運命의 광채가
여기서도 울컥 빛나는구나

(2018. 12. 2.)

베트남 붕따우 예수상

한때 파월 한국군 전투부대가 주둔했다는 소문이 있는
베트남의 남쪽 휴양도시 붕따우
반세기 지나 이제 전쟁의 상흔은 희미하고
뜨거운 햇살 아래 바닷물은 흙빛이다
멀리 정박해 있는 유조선과
항구의 컬러풀 지붕들이 내려다보이는
바닷가 높은 산 정상에
두 팔을 높이 쳐들고 멀리 남쪽 바다를 응시하는
예수상이 서있다
프랑스와 미국 같은 강대국의 억압 속에서
민중들이 얼마나 많은 피를 흘려 바다가 저 흙 빛깔일까?
예수그리스도님의 사랑의 손길이
부디 베트남에 전쟁 없는 평화를 내리기를
이 지구 위에 희망을 내리기를……
(내 속마음은 덧붙여 '착한 한류'도 내리기를)

캄보디아 시편 1

20층 스카이라운지에서
탁한 메콩강 지류의 흐름을 내려다보면서
맛있게 이국풍 점심을 먹었다
자연 바람은 유난히 선선했다
고등학교가 감옥으로, 학살장으로
다시 박물관으로 변했다는
뚜얼슬랭 교실 안
낫과 삽과 곡괭이 같은
농기구로 같은 동족을 쳐 죽여 해골 탑을 쌓은
이곳에서 신념이란 무엇인가?
사상의 차이란 무엇인가?
눈을 감고 오오래 생각했다
풍요와 자유가 넘치는 내 조국에서도
한때 이런 처절한 학살과 살육의 역사가
존재했다는 사실을
내 아이들은 알까?
인간이 이렇게 잔혹하고 고약한 존재일 수 있다는
냉엄한 사실을 알까?

(2017. 12. 15.)

캄보디아 시편 2

캄보디아 수도 프놈펜에서
100km 떨어진 상이용사촌 학교

초중고 전교생 2천여 명이
점심도 거른 채 하교를 늦추고 있다

한국에서 온 축구공과 학용품
그걸 기다리는 아이들의 피곤한 표정

경상북도 오지 단촌국민학교 운동장
미제美製 우유와 옥수숫가루 배급을 줄 서 기다리던

영양실조로 파리한 얼굴의 내 모습을
50년 만에 여기서 만날 줄 정말 몰랐다

(2017. 12. 15.)

밤 비행

캄캄한 무한 창공을
아무도 알 수 없는
천 길 고독 그 시간을 날아
드디어 착륙할 즈음
지상에 보이는 등불 군락
어느 가난한 모녀가
밤새 운명을 앓고 있는 저 별
지구여
존재의 하염없는 슬픔이여
아득한 심연의 나락이여

(2018. 5. 23.)

암스테르담

암스테르담 중앙역
괘종시계 위로
서양西洋의 진눈깨비가 내리고 있었다
시간이 멈춰 선
역전 낡은 찻집에서
비엔나커피를 마셨다
마침 바흐의 무반주가 흘러나왔다
가도 가도 끝이 없는 길
무반주 인생을 관대하게 보내고 싶다

(2017. 11. 20.)

인도네시아 반둥에서

1950년대
대한민국 한 모더니스트 시인은
「인도네시아 인민들에게 주는 시」*를
그들에게 바친 적이 있다
300년을 구미 자본주의에게
살과 뼈와 피를 발긴
약소민족 인도네시아 인민을 노래한 적이 있다
그 인도네시아
제3세계 인민들이 인류의 적 제국주의를 물리치자고
머리를 맞댄 반둥에 왔다
반둥 공과대학 무성한 숲 담장 넘어
가난한 옷차림의 공과대 학생들이 걸어가고
하수도가 안 된 도랑 위로 빗물이 넘쳐흘러
도로는 이 나라 역사처럼 질퍽하고 축축했다
이미 21세기 자본주의 전사가 된
그 시인의 후배 시인 한 사람이
코리아에서 한류를 펼치러 왔다가
동병상련 스스로 슬픔에 젖어
남루한 그 풍경이 익숙한 듯

말없이 빗속의 거리를 걸어갔다

(2017. 10. 28.)

* 박인환 시인의 시.

몽골에서

몽골의 넓은 초원과 평원이
저녁 햇살을 받아 마치 아름다운 큰 융단을 펼쳐둔 것 같았다
그 위로 국내선 프로펠러 소형 여객기의 그림자가
마치 잠자리가 날아가는 것처럼 새겨졌다
그 황홀한 광경도 잠시
강풍에 휘말려 비행기가 아래위로 좌우로 요동쳤다
객실 안은 어린아이들의 비명으로 아수라장이 되었다
순간 나는 내가 평생 지은 죄를 빠르게 헤아렸다
잠시 후 붉은 노을이 비치는 짧은 활주로에 착륙했다
인생을 살아가면서 누구나가 한 번쯤은
지옥 같은 터널을 지나가지만
마지막에는 죽음이라는 평온한 활주로에 안착한다

(2018. 7. 15.)

시부야

비 내리는 저녁의 동경東京
시부야 거리*
지상 숲속을 달리는
지하철의 붉은 실내등

80년 전 재일본 식민 노동자
청소부의 아들
그 사람
지금 조선의 남쪽 안동 조탑리에는
사과꽃이 만개했을까?

그가 빈민가 골목을
해진 옷을 입고 헤매었을
이 거리와 도시에
오늘 내가 와서 추억한다는 게

슬프고 고마워
철로 변 숲에게 꾸벅 절하였다

(2018. 4. 14.)

* 동경 시부야는 동화작가 권정생(1937~2007)이 태어난 곳이다.

K-CON

K-CON 공연을 위해
일본 마쿠하리 멧세 공연장에 와서
요절한 삼촌 생각이 났다
할머니가 먼동이 트도록
베틀에 앉아서 한 고단한 노동으로
현해탄 넘어 동경까지 와 배운 신학문

고관직을 얻어
주색잡기와 매관매직으로
인생을 낭비하고
40대 중반에 당뇨로 단명했던
그의 죽음 앞에서
할머니는 과연 무슨 생각을 했을까?

동경의 저녁놀은 정말 아름다웠다
복 많았던 삼촌의 초년과
단명했던 그의 운명과
그 모든 것을 말없이 지켜보던
할머니 모습이 떠올라

잠들지 못한 날이었다

(2018. 4. 15.)

BTS에게

지난겨울 마마 인 홍콩에서 그대들을 만났지
사실 처음에는 그대들의 노래 잘 모르겠더라고
나는 60년을 이미자 선생의 팬이었으니까
배고팠던 농경문화 끝 세대
애절하고 슬픈 정서가 몸에 밴 내가
지구 위 최고 수준의 하이테크와 함께 펼치는
휘황찬란하고 현란한 댄스와 노래를 따라 잡을 수가 없더군
그대들과 동료 아이돌을 만나기 위해
피부와 언어가 각기 다른 아시아의 남녀 청춘들이
홍콩의 아레나에 모여들어 한국어로 열광하는 모습도
시골 출신인 내게는 선뜻 이해되지 않더군
LOVE MYSELF, LOVE YOURSELF!
이 말만은 알아듣겠더군
그대들이 유엔에서
"무엇이 당신의 심장을 뛰게 합니까?
자신의 목소리를 내주세요"라고 외칠 때
나는 그대들의 세계관을 이해하게 되었지
인간은 자신의 이야기를 할 때
비로소 가슴이 뛰고 인간이 된다는 것을 문학이 가르쳐
주었지

나 자신을 사랑하고 네 이웃을 사랑하라는 건
부처와 예수의 말씀
그대들은 노래로써 부처와 예수의 길을 가고 있는 것이지
이 지구상에 억압받는 그대들의 친구들을 위해
평화의 노래를 구가하는 것이겠지
사랑하는 BTS, 자랑스런 비티에스여!

(2018. 9. 28.)

Crystal

크리스탈은 수정이라는 언어로 번역되지
수정처럼 맑고 고운 그대의 목소리
중국 쿤밍시 변두리
농민공의 자녀들에게 들려주기 위해
사회공헌사업을 우리는 함께했지
밤 비행기를 타고 중국 대륙의 남쪽으로 날아가
중국 아이들을 만났네
농부나 도시 변두리 공장노동자의 아이들은
세계 어디서나 왜 이렇게 가난한가?
60년대 내 모습을 보는 것 같아
울컥 가슴속에서 뜨거운 것이 올라오는데
한국의 아이돌 가수 크리스탈
"여러분 꿈을 가지세요.
저도 어릴 때 노래하고 춤추는 꿈을 꾸었더니
가수가 되어 지금 여러분을 만나고 있어요."
그 아름다운 영혼에 매혹됐는지
고사리 같은 손으로 중국 아이들이 손뼉을 치네
그렇지 꿈이 있어야 인간은 참 인간이 되지

(2018. 10. 16.)

제2부

산까치 떼

마을 초입 발침모퉁이 건너편에 북의성 IC가 새로 생겼다
당진에서 동해안 영덕을 잇는 내륙고속도로 그 어디쯤
인가 보다
고향 집 마당에서 쳐다보면 구름다리처럼 까마득히 높
은 교량 위로
밤에는 반딧불이 같은 불빛이 지나간다
어릴 적, 달 밝은 밤에 먼저 국민학교 운동장을 열 바
퀴 돌고
거기까지 뛰어갔다 돌아오는 마라톤 놀이의 반환 이정
표였던
발침모퉁이 바위산도 새 길 내느라 깎여 사라지고
IC를 빠져나와 의성읍과 안동 시내로 각각 휘돌아 가는
고가도로 밑은 본래 장 상네 복숭아밭과
산 골골이 물이 모여 그 밭을 감고 돌아가는 작은 개울
이었다
택호가 왜 일칠이 장張 상인지 몰라도
코끝에 주기酒氣가 배어 늘 딸기코를 한 키 작은 노인은
우리 셋째 외숙모님의 아버지였다
자기 키만 한 장죽 대를 허리춤에 꽂고
봄날 도화꽃이 흐드러지게 핀

복숭아 밭둑을 거닐던 것도 한 폭 그림이었지

　아비가 죽자 자식들이 팔아넘겨 김 면장 댁 과수원으로
바뀌었다

　급사로 출발해 면서기가 됐다고 치윤이 김 서기 불렸던
인자한 면장님

　한 해는 우박을 맞아 폐농이 되기도 했고

　까치 떼가 다 익은 열매를 쪼아 먹는다고

　그 넓은 과수원을 그물로 덮어

　멀리서는 마치 가을에도 눈이 온 것 같아 보이기도 했지

　그 붉은 복숭아꽃 지고, 흰 사과꽃 지고

　일칠이 장 상 지고, 치윤이 김 서기 지고

　새 고속도로를 보고도 별말 없었을 속 깊은 내 아버지
도 지고

　동네 사람 누구도 그 과수원에 눈길을 주지 않고

　복숭아밭과 사과밭과 산까치 떼와 동네 조무래기들이 없
어지는 사이

　큰 황구렁이 꼬리 같은 고속도로 진입로가 마을 초입을
휘감고 있네

　그 도로를 따라 묵은 동네 사람들이 다 어디론가 나가고

마을의 언어도 전설도 사라지고 있네

(2017. 1. 5.)

회갑回甲

회갑 날 아침 서울의 빈방에서 혼자 눈을 떴다
요즘 환갑이 어디 있냐고
가족에게 말은 했지만
묘하게도 마음이 조금은 허전한 듯도 했다
여느 날처럼 빈속으로 지하철 4호선을 타고 출근했다
딱 34년 전 늦가을 어느 날
갑자甲子생 아버지의 회갑을 했다
평생을 농부로 살아온
무뚝뚝하고 말이 없으시던 6남매 아버지
그해 타작을 막 끝낸 넓은 시골 마당에는
인심 좋았던 아버지의 환한 마음처럼
이웃 동네 사람들까지 많은 축하객들로 꽉 찼다
최전방 GOP 군대에서 철책을 지키던 막내아들은
부대에서 특별 휴가를 허락하지 않아 빠졌다
미혼인 큰아들과 네 명의 딸과 사위들만으로도
아버지 어머니는 벌써 흥에 겨우셨다
한마을에 살던 종형과 재종형이 중심이 되어
중짜 돈과 새끼 돼지를 잡아 고기가 풍년이 되었다
이웃 일직면 서기인 고종 동생(권정생 선생에게 구호 식량을
규정보다 더 얹어주던 착한 청년이었다)은 형, 형 하면서
오토바이를 타고 읍내에 나가 물건을 사 날랐다
첫 발령을 받은 아들의 동료 교사들이

낡은 스쿨버스를 타고 마흔 명이 넘게 들이닥쳤다
아들의 귀한 손님이라고 종형수와 고모들이
상다리가 휠 정도로 음식을 차려내기도 했다
봉화 전우익 영감은 마당 한 귀퉁이에 쪼그려 앉고
농민회 권종대 회장, 안동 분도서점 이종원 선배, 가농
회원들과
안동대 운동권 후배들도 여럿 왔다
오신다던 조탑리 권정생 선생은
사람들을 실컷 기다리게만 하고선 몸이 아파 끝내 오지
않았다
대구에서도 잔칫상을 나르려고 문청文靑 친구들이 왔다
큰누님과 둘째 누님은 가마꾼들에게 넉넉하게 돈을 걸고
셋째 누님 부부는 가마에서 그만 떨어져 울상이 되고
넷째 누님은 그 모습을 보고 깔깔거리다가
「불효자는 웁니다」로 효도 잔치 뽕짝 분위기가 무르익자
가농 후배와 운동권 대학생들이 갑자기
북과 징과 꽹과리를 치면서
삼천만 잠들었을 때 우리는 깨어~「농민가」로
나 태어난 이 강산에 군인이 되어~「늙은 군인의 노래」로
왜 찔렀지 왜 쏘았지 트럭에 실려 어디 갔지~「5월가」로
잔치판의 분위기를 확 바꾸자
마당 가득 흥을 내던 동네 사람들이 서로

얼굴을 힐긋힐긋 보면서 하나둘 슬슬 자기 집으로 돌아가고
사상가에게 시집가서 아이 둘 낳고
생이별해 혼자 살던 둘째 고모님이
내 손목을 끌고 후미진 변소 뒷간에 끌고 가더니
나는 이 노래가 무슨 의미인지 안다
니가 오늘같이 좋은 날 와 이러노?
저 사람들과 학생들은 도대체 누구고?
빠르고 격앙된 목소리로 나를 나무랐다
사실 나도 상황이 어떻게 급변한 건지 잘 몰랐다
1984년이라는 신군부 독재 시대가
아버지의 회갑 잔치를 이상하게 끝내버렸다
잔치 분위기가 차갑게 변하자
전 선생을 따르던 패거리와 문청들이
돼지 뒷다리와 먹다 남은 문어 안주를 싸서
밤을 새러 안동 가톨릭농민회관으로 가는 걸 배웅하고
돌아오는 골목길과 잎 진 감나무 가지를
가을 하현달이 훤하게 비추고 있었다
아, 사랑하던 그 아버지도 가시고
큰누님과 매형 두 분과 총각이던 고종 동생도
암과 교통사고로 가시고
변소 뒷간에서 나를 나무라던 고모님도 가시고
봉화 전우익, 권정생 선생님도 가시고

야단맞던 나를 지켜보던 변소 앞
3년생 산수유는 어느덧 장목으로 자라
아름다운 꽃과 붉은 열매를 맺으며
자연의 순환을 생명의 순명으로 받아들이고
아버지 회갑 때 미혼이면서 철이 없었던 나도
사랑하는 여자와 결혼하여 어여쁜 아이를 낳아
조상 대대로 이어온 경주 김씨 문중의 가계를 잇고
드디어 오늘 회갑의 주인공이 되었다
과연 나는 죽지 않고 언제까지 영원히 살 수 있을까?
아버지와 큰누님과 셋째 넷째 매형과 동생과
내게 큰 가르침을 주신 전우익, 권정생 선생이
갔던 길을 가지 않을 수 있을까?
정말 생각해 보면 인생이란
쏜살같이 빠르고 얼마나 깊은 것인가?
또 얼마나 기쁘고 가늠하기 어렵도록 뼈가 아리게 슬픈
것인가?
또 이 우주는 얼마나 크낙한 것인가?

(2018. 7. 5.)

쌀

농사짓던 경북 의성 안평 큰누님이
보내준 잘 찧은 쌀로 한때 살았다
그 누님 폐암으로 돌아가시자
퇴직 후 고향에서 농사짓던
안동 소산리 셋째 매형이 보내준 쌀로
역시 한 시절을 먹었다
매형 교통사고로 불의에 가신 뒤
나는 쌀이 없어 밥을 못 먹었다
아니 쌀이 생겨도 밥을 못 먹었다
그래도 배가 고프지 않았다
아, 영원할 것 같은 이 슬픔이여

(2017. 6. 23.)

고기

아흔한 살 노모가

예순이 된 아들에게 전화를 걸어

오늘 아침이 네 생일이라면서

고기 사줄게 하면서 먼 시골집에 오라고 하신다

혈관성 치매와 뇌졸 후유증으로

고기가 쪼비로 들릴 만큼 발음도 분명치 않다

바빠요! 하며 아들은 버럭 소리를 친다

아들이 지난 60년간

도시都市를 전전하며 기름진 살코기를

얼마나 많이 먹으면서 살아왔는지를

그래서 아랫배가 탐욕스런 비만이 된 걸

시골의 어머니만 모르신다

(2017. 6. 23.)

홍매

시골 단촌집 철 대문 앞
어린 매화나무가
난생 처음 연분홍색 매화를
여린 가지에
수줍은 듯 피워 올리는 아침

이 세상 어디선가
외로움에 간밤을 꼬박 떨며 새운
순정한 사람이 있었던 거다

그래서 그렇게 짙은 향기가 있는 거다

(2017. 6. 23.)

달빛

달빛이 교교한 가을밤이다
칭얼거리는 작은 손녀 딸애 등에 업고
달빛 아래 빈 마당에서 그냥 서성이던
하염없이 서성이던
그 아버지 먼 곳에 가신지 수년
달빛은 그날 그 시간처럼
그 그림자처럼
그렇게
저 혼자 적막하다

산다는 건 어린 손녀를 업고
달빛 아래 우두망찰 말없이 서있는 것인가?

(2017. 6. 23.)

고등어

밥상에 고등어 반찬이 오를 때마다
옛날 어느 나라 임금이
고등어 껍질로만 쌈 싸서 먹다가 나라가 망했단다
근검을 가르치시던 아버지도
평생 빚더미에 허덕이다가 먼 나라로 가셨다
벌써 4년이 지났다

(2017. 6. 29.)

빈집

아흔둘 치매 노모가 요양병원으로 떠나면서
100년을 이어왔던 그 집은 이제 빈집이 됐네

인간의 온기가 끊긴 순간의 허무한 그 마음을
빈집의 그 마음을 나도 알 것도 같은데

농부이던 아버지는 벌써 먼 곳으로 가시고
몸은 마음과 달라 빈 마당에서 발걸음이 떼어지지 않아

낡은 철 대문에 어깨를 기대어 신神의 유품을 보듯
혼자 눈물을 훔치며 뒷간 앞 잎 진 산수유만 쳐다보네

(2018. 10. 30.)

시인

가난한 농부의 아들로 태어났으니
애초 돈과는 인연이 없고

야생마처럼 자라면서도
부와 명예에 그다지 매이지 않았으며

인생에 특별한 재주 또한 없어
시인이 되었으니

바랄 게 뭐 또 있으며
이 세상 눈치 볼 게 뭐 더 있으랴

하늘에 계시는 하늘님만 믿고
좌고우면 없이 오로지 직진 인생이다

(2018. 7. 2.)

무논

무논에 비친 미루나무 그림자

그 그림자 속을 쌩쌩 달리던 국신여객

구안 5번 국도*가 논 닷 마지기

학비에 보탠다고 팔아 제친 날 밤

개구리 울음소리로 귀가 따갑던

그 무논을 맨발로 걷던 때가

차갑던 발바닥의 추억이

참 그립소이다

(2017. 7. 23.)

* 구안 국도(대구-안동 지방도로).

인생

단촌초등학교 교문 앞에
큰 느티나무 한 그루 서있다
그 아래 콘크리트 조형물인
'독서하는 소녀상'이 서있다
둘 다 수십 년이 지났다

어린 눈으로
50년 전 그 나무를 심는 것을 목격했다
소년 때 그 나무 아래서
조숙하게 담배를 피우는 친구를 지켜보기도 했다
부모님의 심한 말다툼을 보고
집에서 나와
우울한 마음을 달래려고
그 아래서 나지막하게
콧노래를 흥얼거리기도 했다

코스모스가 핀 달 밝은 가을밤
나무 아래 앉아 달빛에
톨스토이의『부활』을 읽기도 했다
느티나무 건너편 쇠줄 그네에 앉아

눈 내린 밤, 눈을 함빡 맞으며
지서 순경 주임 아들이 전학 가는 것을
슬퍼하며 우정을 지키자고 다짐하기도 했다

그 사이 세월은 말없이 흘러갔다
아흔, 아버지의 장례를 치른 날 밤
아무도 몰래 그 나무 아래 앉아서
이승을 힘겹게 살다 간
아버지의 새 별은 어디 돋았을까
눈이 빠지게 하늘을 쳐다보기도 했다
그러자 나도 모르게 내 눈가가 축축이 젖어 들었다
누구에게나 인생은
또 이렇게 무심하게 흘러가겠지 생각하자
눈 속에 큰 우물이 생기면서 어깨가 흔들렸다

(2017. 7. 23.)

세상에서 가장 귀한 것

문청文靑 때 함께 활동했던
〈예각〉 문학동인 가운데 한 친구
무역업 하던 오 사장
자식들 키운다고 문학 재능 손에서 놓고
중국을 오가며 사업 열중터니
돈 세면서 청춘 다 보내고
예순 가까워 시 외곽 혁신도시로 이주해
조그만 텃밭을 일궜다
연일 39도를 오르내리는
중복 다음 날 이른 아침
지인들 단톡방에 "오늘 아침 텃밭 수확물 ㅋㅋ"라며
한 장의 사진을 올렸다
목木 들마루 위에 파, 고추, 가지, 옥수수,
토마토, 대추토마토, 들깻잎……
그리고 삽과 밀짚모자를 찍어 올렸다

그 사진을 보고
나도 울 아버지가 거친 흙에서 키워 올린
저 아마추어 곡식일 것이라는 생각이 들어
하늘에 가 계시는 아버지를 생각하며

두 눈 감고 가만히 아침기도를 했다
내 생애 가장 성뙤스런 기도였다

(2017. 7. 23.)

콩

가을 햇살 아래
콩깍지 속 콩이 잘 익어가네
어느 순간
콩깍지를 비틀고
콩은 마당 가득 좌르르 쏟아지겠지

그 콩알만큼 작은 콩 하나
키우기 위해
아버지는 지난여름 논둑을 진흙으로 다시 바르고
어머니는 들밥을 머리에 이고
들에 나가셨지
두 분 하늘을 우러러 모든 걸 두려워했지

물 주전자 들고 어머니 뒤따르던
콩알만 하게 어리던 나는
벌써 환갑을 앞두고 보니
그 농부들의 지극한 경외 속에 자랐건만
안타깝게도 콩알보다 작은
내 전 인생이 눈에 확연히 들어오네

가을 저녁 어스름 아래서

(2017. 10. 9.)

단촌교회

가난한 교회를 그리는 게 평생소원이었다던
목사 아들 고흐는 실제로 오세르교회를 그리기도 했다
산골에 있는 단촌교회는
교인이 얼마 되지 않는 가난한 교회이다
우리 집 아래채 목木 마루에 걸터앉아
남쪽을 보면 멀리 새로 난 고속도로 고가교와
가까이 단촌교회의 크리스마스트리와 장식이 반짝거린다
그 너머 더 멀리 하늘에는 저녁 별들이 반짝이고 있다
예전에는 크리스마스 캐럴과 성가聖歌가 흘러나와
쓸쓸한 시골 밤을 잠시 따뜻하게도 했는데
요즘은 적막 속에서 장식의 불빛만 쓸쓸하게 점멸한다
적막하고 쓸쓸한 게 시골 교회의 참 아름다움인지 모른다
눈이 펑펑 내리는 성탄절 이브부터 다음 날 새벽까지
고깔모자를 쓰고 붉은 산타클로스 복장과
솜으로 만든 흰 수염을 달고 광목천으로 만든 자루를 메고
좁은 동네 골목과 가난한 초가집을 샅샅이 누비며
고요한 밤~ 거룩한 밤~ 할 때
정말 하늘에서는 무엇과도 비교할 수 없는
주님의 풍요로운 은총이 내리곤 했지
추운 12월 어느 날 밤

진정 가난해서 은혜를 입는 시골 교회여

(2018. 12. 22.)

단촌국민학교 38 동창

경북 의성군 단촌면 단촌국민학교 38회 동창 친구
58 개띠들로 한 살 많기도 하고 적기도 한 친구
면내 새마을 지도자, 이장 협의회 대표가 된 친구
마늘 농사를 잘 지어 명예로운 마늘 명인이 된 친구
하급직에서 면사무소 6급 계장이 된 성실한 친구
시장터에 농약방 차려 외제 승용차를 타는 부자 친구
거름 잘 내고 농사 잘 지어 참 농사꾼으로 소문난 친구
노래방에서 춤과 노래를 잘해 인기가 짱인 친구
동창회 때마다 손수 지은 양파를 차에 실어주는 맘 넓
은 친구
가슴 아픈 사연을 속으로만 삼키며 인고하는 친구
앞뒤 금산과 미천강을 보며 함께 자란 친구들
어느덧 회갑이 되어 부부 동반 제주도 여행을 가는구나
그 고마운 친구들을 보며 시를 쓰지 않을 수 없구나

(2019. 2. 13.)

제3부

민족주의자들

1980년대 후반 어느 음력 정초
경북 안동시 조탑리 권정생 우거에
세배하러 갔더니
마침 권정생, 이오덕, 전우익
세 어른이 모여 은밀히 속닥거렸다
김 주석께서 올해는
산에 꿩을 많이 키워
인민을 살찌우라는 교시를 내렸다고
간밤에 단파 라디오로 북北쪽 소식을 몰래 들었다고……

(2017. 6. 24.)

소성리[*]에서

얼굴에 주름이 고추밭 고랑처럼 팬
여든의 할머니가
종이 판넬을 들고 있다
"사드 가고 평화 오라!"고

(2017. 6. 28.)

* 소성리: 경북 성주군 사드 배치 골프장이 있는 마을 이름이다.

후쿠오카

경북외국어대 교수 할 때
신입생 입학식을 위해
일본 후쿠오카에 간 적 있다
윤동주가 징역 살았던
후쿠오카 감옥을 찾아보기 위해

제복을 입은 늙은 일본인 택시 운전수가
간신히 후쿠오카 교도소를 찾아냈지만
간수들은 그 감옥이 옛날 그 감옥인지를 모른다고 말했다
조선인 윤동주 시인도 모른다고 했다

붉은 노을이 배경으로 깔리는
신식 콘크리트 건물을 배경으로
사진을 찍을 때
앙불괴어천
하늘을 우러러 한 점 부끄럼 없기를 빌었던
순결한 한 조선인의 얼굴이 스쳐 지나갔다

(2017. 6. 24.)

동지가 쓰러졌다

6·13 지방선거 개표를 보다가
새벽 3시에 권오현 후보가 쓰러졌다
대구에서 민주당 시의원 후보
과로와 역전의 충격이 그를 넘어뜨렸다

"대구 시민 여러분,
민주당에 표 주는 것을 두려워하지 마십시오"
닫힌 시민의 마음을 향해
콘크리트 아파트 벽을 향해
피를 토하듯 절규하던 그가 쓰러졌다

누군가 카톡에
"동지가 쓰러졌다"고 올렸다
그 글귀를 보자 눈물이 왈칵 쏟아졌다
내가 이 세상에 태어나 눈물을 흘린
가장 짧은 문장이다

(2018. 7. 1.)

데자뷔

권박*을 대구가톨릭병원 수술실에 넣고
새벽 4시부터 아침 10시까지
중환자실 앞에서 기다렸다
지난 1987년 최루탄에 맞은 이한열 군을
세브란스병원 수술실에 넣어두고
병원 앞을 지키던 그날의 학생들 모습이 문득 떠올랐다
얼마나 간절했을까?
얼마나 기가 막혔을까?
그 말할 수 없는 노심초사
이 데자뷔!

(2018. 7. 1.)

---

* 권박: 문학평론가 권오현 박사 애칭.

서 목사님

무능한 경제활동으로

가족에게 쫓겨나다시피 해

대구의 구도심 동인동 낡은 원룸에서

혼자 살아가는 일흔 넘은 노 목사님

주일마다 바보주막 술집 방 한 귀퉁이를 빌려

예배를 보시는데

성경책 대신 노무현 전 대통령의 어록으로 설교를 하시니……

더욱 거룩한 예배가 되는데

내가 가장 존경하는 목사님

구정 아침 커피 한 잔으로 외로이 새해를 맞으시네

(2018. 7. 1.)

같은 모습

권박이 쓰러졌다는 연락을 받고
대구가톨릭병원 응급실로 뛰어갔더니
11년 전 권정생 선생이 누워계시던
그 어디쯤, 같은 병원 위치도 같은 침대에
산소호흡기를 단 그 모습도 똑같아서
가슴이 진짜 철렁했다
권정생 선생님처럼 돌아가시면 안 되는데 권박아…… 하고

(2018. 7. 1.)

목숨을 거는 일

문학평론가 권오현 박사가
민주당 후보로 대구시 달서구 을 지역구에서
시의원 출마한 후
박빙의 개표를 보다가
뇌출혈로 쓰러져
의식불명 상태가 된 지 3주째다
의사는 영영 깨어날 수 없을지도 모른다고 한다
타他 지역에서는 쉽게 되는 일이
이 도시에서는 이렇게 목숨마저 걸어야 되는구나
아, 잔인한 대구여

(2018. 7. 2.)

문수암

속가 친구였던 스님이
암주로 있는
해인사 문수암 법회에 갔다
하지夏至 가뭄으로 법당 앞
잔디밭의 토끼풀이
노랗게 말라 배배 꼬였다
꽃도 말라비틀어져 있었다
책 읽지 않고 지낸
요 며칠 내 모습 같아 화들짝 놀랐다

(2017. 6. 24.)

젠트리피케이션

대구시 방천시장
김광석 거리
월세 10만 원에 쪽방을 얻고
낡은 사무실에서
거미줄을 걷어내며
시를 쓰고
기타를 치며 그림을 그리던
젊은 시인과 작곡가와 화가가
임대료 인상 때문에 쫓겨나
어디론가 사라졌다

예술가를 우주 밖으로 날려 버리는

아, 자본주의여!

(2017. 6. 24.)

지리산 감자

열다섯 살 때 거창 학살 사건으로
하루아침에 부모 형제 여덟을 잃고
천애고아로 살다가
술병으로 일찍 세상을 하직한
아버지를 두었던
지리산 산청 출신의 민주현 선생이
지리산 골짝 개간 밭에서
암 투병하는 어머니와 햇감자를 캐는데
산 뻐꾸기가 언제부터 밭머리에서
계속 피 토하듯 뻐꾹뻐꾹 울었다
감자알은
그 모진 사연을 아는지 모르는지
여전히 동굴 둥굴 토실하고

(2017. 6. 24.)

돋보기

요즘은 돋보기를 끼고도
돋보기 찾는 일이 부쩍 잦다
인생이 그런가 보다
행복처럼

(2017. 6. 24.)

상주교도소

경북 상주교도소에
살인범과 무기수들이 섞인
수감자들을 대상으로 한
문학 강의 갔는데
스무남은 명 죄수들의 얼굴이
어떻게나 선하고 맑던지
선생님들 얼굴이 부처님 얼굴이네요 라고 말하고
그들을 끌어안고 싶은 걸 참느라
갑자기,
수업이 제대로 되지 않았다

(2017. 6. 24.)

개복숭아나무

상주교도소 가는 길
선산휴게소 지나
북상주 IC를 조금 앞둔
중부고속도로가 야산에
등이 굽고 가지가 제멋대로 벌어진
개복숭아나무에 복사꽃이 피었다
평생 보기 힘든
그 붉디붉은 꽃의 찬란한 빛에 홀려
갓길에 차를 세우고
넋을 잃고 한참을 보았다
그런 내 뒤로 고속버스가 쏜살같이 지나갔다
생도 꽃구경도 모두가
그 잠깐의 찰나겠지

(2017. 6. 24.)

인사청문회

문재인 정부 1기 내각 청문회다
정권 책임자의 순한 큰 눈망울과 달리
후보자들의 행태는
적나라하다 처절하게 썩었다
돈과 자식 앞에서는 좌와 우가 없다는
비명이 곳곳에서 터져 나온다
그 뻔뻔한 인간들의 뺨을
후리쳐 갈기고 싶다

(2017. 7. 23.)

문학상 文學賞

문단 안팎의 인정 제도?

문단 안팎의 협잡 제도?

돈이냐 명예냐 아님 욕이냐?

친일 문학상을 받고

이어 항일 문학상을 받고

모더니즘 문학상을 받고

이어 리얼리즘 문학상을 받고

체제에 순응하고

제도에 겸손해지고……

이게 문학이냐?

개뿔!

(2017. 7. 23.)

불치병

교수 재임용에 꼭 필요한 논문 제출을
빌다시피 하여 사흘 마감 연장을 하고도
논문은 손에 안 잡히고
자꾸 머릿속에서는 시詩가 튀어나온다

본격적으로 문학에 빠지던 고등학교 때
중간고사나 기말고사가 다가오면
가슴속 깊숙이 숨어있던
시와 소설이 마구 출몰하여
어린 영혼을 마구 흔들었다

그 전통은 대학에서도 지속돼
형편없는 학점을 내리깔더니
무덤이 한층 가까워진 오늘까지 여전하다
도저히 고칠 수 없는 불치병!

(2017. 7. 23.)

무위당 선생 서화전

무위당 장일순 선생 서화전이 열린
대구문화예술회관 전시실에 갔다
좋은 글씨와 그림에 내 아둔한 안목이 조금 트였다
자상한 달은 골고루 비춘다는 '자월등조慈月等照' 글씨를
간직하려고 휴대폰으로 고이 찍었다
그분의 특기라는 난蘭도 많이 봤다
그러면서도 나는 한때 무위당의 제자였다는
근래 김지하 시인의 정치적 파탄을 떠올리며
무위당께서 사람 보시는 안목이 그 정도였나?
이 서화書畫도 믿을 수 있을까? 하는
불경不敬스런 생각을 하다가 전시장을 빠져나왔다

(2017. 7. 24.)

심야 노래방에서

우리 시대의 대시인 신경림 선생은
한때 18번이 '애모'였다는데
밤 10시가 지나면 노래 제목이 애무로 변한다고 했다
시적 용어로 펀pun이었다

문득 파블로 네루다의 영화
'일 포스티노'에서
사랑에 빠진 여주인공 질녀에게
침대 위에서는
시인도, 공산주의자도, 신부도 다 똑같애라고
숙모가 말한 대사가 문득 떠올랐다

인간의 본능을 생각게 한
격렬한 음주가무 파천황의 밤을 보내고도
내일 아침 말쑥한 얼굴로 해는 뜨겠지
그건 인생의 펀인가?

(2017. 6. 23.)

매미

KBS 대구방송국 앞
참가자미 횟집에서
소주를 마시는 늦은 초여름 밤
난데없이 매미가 식당 방 안에 뛰어들었다
모두들 깜짝 놀라 매미를 쳐다보는데
"매미는 물지 않는다
다만 울 뿐이다"라고 이하석 선배 시인이
시적으로 말했다
그렇다
시인도 남을 거칠게 물지 않는다
다만 스스로가 슬퍼 깊게 울 뿐이다

(2017 . 6 . 23 .)

제4부

입경入京

시골에서 평생 책 몇 권 읽은 것밖에 없는
한미한 시골뜨기가 시절을 잘 만나
나이 예순이 다 되어서 입경을 했다
여든을 바라보는 노스승이
지하철로 1시간이 더 걸리는 서울 근교에서 상경해
반주를 곁들여 입경 기념 저녁을 함께했다
술잔이 오가고 취기가 오르고
노스승은 공화당 독재 정권의 정치적 만행과
희생된 친구들의 처참한 일생을 이야기하다가
기어코 눈물을 보이셨다
나는 35년을 곁에서 지켜봤지만 스승의 눈물은 처음 보았다
그 속에는 정의롭게 살고자 시대에 부침했던
당신의 고단했던 삶의 편린도 있는 듯했다
나도 눈물이 났다
스승의 눈물이 서울 생활을 처음 시작한 나에게는
엄중한 경고처럼 읽혔다
다시는 그런 야만의 시대가 오게 해서는 안 된다는……

(2017. 9. 17.)

지옥에서 보낸 한 철*

　자랑할 거라고는 오뉴월에 보리가 힘차게 자랄 수 있게
풍부한 지심을 갖고 있는 붉은 흙과
　평생을 두더지처럼 땅을 파도 결코 지칠 것 같지 않는 근
육질 팔다리를 가진 농부의 아들인 것,

　봄날의 서러운 뻐꾸기 소리와 뜨겁게 작열하는 여름 하늘
과 들판의 소나기와 빗물 고인 밭고랑의 실한 감자알과 메
뚜기가 날아다니는 풍요로운 가을 들판의 암소 발자국과,

　초겨울 얼어붙은 그 발자국에 비치는 새파랗게 얼어붙은
겨울 달빛과 구슬픈 부엉이 소리와 세찬 겨울바람의 문풍
지 소리와 뒷들에 싸락눈 내리는 소리를 들으면서 자라난,

　아침 일찍 임대주택의 자명종 소리에 깨어 전광석화 같
은 양치질 세수와 공복에 10분이 채 안 걸리는 지하철역까
지 육상 선수처럼 질주해 막 떠나는 지하철에 몸을 구겨 넣
고 어깨를 최대한 좁혀 높이고,

　남녀 승객들의 비릿한 냄새를 피하기 위해 최대한 코를
천장을 향하게 하고 견디고 견뎌 또 다른 지하철역에 내려

82

에스컬레이터에서도 잠시도 쉬지 않고 두 발을 위로 옮겨 1
초 더 빠르게 지상의 출구로 나와 지옥 버스에 몸을 매미처
럼 붙이고 초고층 빌딩과 찬란한 LED 광고판 숲을 지나 자
본주의의 좁은 통로를 거쳐 마침내 도달한 곳,

   그곳 서울에서 나는 겨우 일 년을 버티면서 살았다

(2018. 7. 24.)

* 「지옥에서 보낸 한 철」: 랭보의 시 제목.

끔찍한 일요일

휴대폰이 방전됐다
토요일 과다한 통화와 포털 뉴스 접속으로
배터리가 다 닳았다
구입한 지 3년이 넘은 구형이라
접속 부분이 망가진 탓인지
충전기로 삽입했는데도 제대로 충전이 안 되었다
부랴부랴 연구소 앞 편의점에 가서
9,500원짜리 새 충전기를 구입해
다시 꽂아도 전기가 통하지 않았다
어쩌나, 중요한 연락과 약속이 많은 일요일
외우고 있는 전화번호는 하나도 없다
일정과 상대편과의 연락이 모두 두절이다
급히 승용차를 몰고 동네 휴대폰 가게와 대구 시내
AS점 몇 군데를 돌아보았다
다 문이 닫혔거나 공휴일 휴업이다
오늘의 모든 역사는 여기서 끝이다
상식처럼 생각하고 있던
문명의 노예 됨을 실감하는 순간이다
20세기 사상가 이반 일리치가 말한
문명은 장애인의 도구라는 잠언이 생각난다

어쩔 수 없다
지상에서 약속은 완전 암전이지만
문화분권 지하 연구소에서는
바깥세상 일을 다 잊고
독서로 상상의 세계를 마음껏 다녀보자
생각해 보니 내가 휴대폰을 들고 다닌 게 아니라
휴대폰의 두 손에 내가 멱살 잡혀 끌려다닌 것이었다
지독한 노예가 된 하루였다
끔찍한 일요일 하루였다

(2018. 7. 22.)

.

두려운 월요일

휴대폰이 멈춰버린 월요일 아침
직장 사무실은 서울에 있다
휴대폰에 깔려 있던 나의 코레일 앱은
이미 이 세상에 존재하지 않는 신기루가 되었다
새벽 6시 서한화성아파트에서
동대구역 가는 카카오택시를 부르는 카카오 앱도
지상에서 사라진 일장춘몽이 되어버렸다
어떻게 택시를 불러 타고 동대구역 가고
어떻게 KTX 표를 사서 서울에 가나
시인 천상병은 추석날
여비가 없어 고향에 못 가는 신세를 한탄하면서
여비가 없어 저승에도 못 가는 처지를 비관한 적이 있지만
나는 휴대폰이 없어서
카카오택시를 부르지 못하고
KTX 기차표 예매를 하지 못하니
오늘 아침 나는 자본의 고향 서울에도 결코 못 가리

(2018. 7. 24.)

혜화역 앞에서

긴 장마 그치고 해가 났다

아침 출근길

지하철 혜화역 4번 출구 계단에

두 손이 절단된 노인이

플라스틱 바구니에 동전 몇 개를 놓고

오체투지 형태로 엎드려있다

인생은 이처럼 순진무구한 때가 있다

(2018. 7. 3.)

서울 시편 1

세 살려고 대학 근처 골목 안에
싼 빌라를 구했더니
이전에 살던 집 세금 고지서가 민가협 앞이다

한국국제문화교류진흥원 옆 수색교를
북한의 김여정이 탄 차가 쏜살같이 지나갔다

미투로 성추행이 탄로 난 유명 연출가가
기자회견을 한 극단 지하 사무실이
바로 내가 사는 집 앞 건물이다

10대 후반 재수 시절 잠시 살아보고
60 다 돼 늘그막에 서울에 와서 지내보니
내 바로 앞이 역사의 현장이다

그래서 조선시대 다산茶山 선생조차도
자식들에게 사대문 밖으로 밀려나지 말라고
유배지에서 편지를 그렇게 절절하게 썼던가

(2018. 3. 12.)

서울 시편 2

아! 서울에서는
농경문화 마지막 세대 시인이
고독할 틈이 없구나

제2의 천성과 같은
게으를 틈이 없구나
차마 외로울 틈이 없구나

고독과 외로움을
알지 못한다면
분명 그건 인간이 아니겠지
기계

(2018. 7. 26.)

서울 시편 3

서울에 와서
내 시詩의 목표가 상실됐다

울분과 분노의 표적이 없어졌다
대구에서 60년간 싸웠던

그 지독한 투쟁 의지가
허공에 메아리쳐 날아갔다

서울 사람들한테는
있는지 없는지 볼 수가 없다

인간에 대한 진지한 고민이
민주주의에 대한 진짜 고민이

(2018. 10. 30.)

출근길

바깥 날씨가 매서운 어느 날
서울역 대합실에서
공항철도 하강 에스컬레이터 앞에
한 무리 군중이 웅성거렸다
맹인안내견이 젊은 청년을
자꾸 상승 에스컬레이터 앞에서
내려가자고 이끌고 있다
톱니바퀴는 무섭게 위로 올라오는데
아! 그 한 무리가 이구동성으로
탄식을 한다
그러자 사태를 파악한 맹인 안내견이
하강 에스컬레이터로 젊은 청년을 인도하더니
자신은 뒷발을 계단 위에 걸친 채
머리를 거의 수직으로 내린 채 지하로 내려간다
그 위태로운 난간이
출근길 내 눈을 붙잡은 어느 날 아침이었다
결코 남의 일 같지 않은 풍경이었다

(2018. 1. 22.)

1987

영화『1987』을
2017년 마지막 날 자정 12시에
대학로 지하 극장에서 봤다
이미 역사가 된 1987년은
내가 아침에 눈만 뜨면 최루가스 냄새를 맡고
시위를 하러 대구 시내를 돌아다니던 30년 전이었다

영화에서 양심적인 교도관으로 나오는
전 아무개의 친형님 전성용 선생은
당시 나와 내 또래의 많은 젊은이들에게 참 어른이었다
그는 월남하여 대구에 정착했으나
결핵으로 일찍 또 다른 세상으로 건너갔지만
살아서 우리들에게 많은 가르침을 주고 간 무명無名의 스
승이었다

성대 결핵의 후유증으로
마치 비 오는 밤 귀곡성 같은 목소리로
김 시인, 시인은 시대에 정직해야 되는 겁니다
그렇게 말하곤 하던 모습이
영화의 한 장면같이 오버랩되었다

죽음이 시대를 억누르던 고통의 순간에도
자신에게 정직하고자 했던 사람들의 모습을
영화『1987』에서 나는 다시 보았다
한 해의 마지막 밤을 흐느껴 울었다

(2018. 1. 1.)

치과에서

보름을 앓다가
치과에 갔다

해골 모습의 엑스레이 사진을 걸어놓고
그 흉측한 그림을 들여다보고 있는 순간

이렇게 처참하게 흉한 모습도
고통도 다 어머니 배 속에서
열 달간 자랐을 것을 생각하니

천 리 밖 고향 집 냉방에서
치매를 앓고 있는 아흔둘 어머니가
갑자기 가여워졌다

(2018. 4. 9.)

서울에서 지낸 여섯 달

서울은 공기가 다르네
대구에서 느꼈던 그 팽팽하던 긴장이
서울 생활 여섯 달 만에 희미해졌네
대구에서 언제나 절실하게 느꼈던
그 민주주의의 부족
그 지방분권의 부족
그 문화분권의 부족
그 품위의 부족
그 인간에 대한 예의 부족
그런 공기와도 같은 가치에 대한
실감도 없이
무표정한 얼굴로 모두 제 앞가림에만 골몰하면서
열심히 살아가네
서울은 버러지같이 그냥 꿈틀거리네
이제 보니 죽을 것 같았던
대구 생활이 되레 축복이었네

(2018. 3. 8.)

수락산

천상병 시인이 누추하게 살다 죽었다는
서울 변두리 수락산에 와서
빛나는 이 가을을 수락한 신神의 손짓을 본다
변두리가 유독 아름다운
지상의 이 겸허
붉은 단풍 숲속을 나도 누추한 걸음으로 걷는다
꿈틀거리는 풀벌레의 그림자가 앞서간다

(2018. 10. 28.)

헌사獻詞

대중 가수 최백호 씨

누군가 보내준 유튜브에
최백호가 대중가요「봄날은 간다」를 부른다
내가 이제껏 지상에서 본 것 중
최고의 절창이다
황홀하다
폐부를 찌르고
애간장이 녹는다는 표현의 의미를 실감한다

나는 그렇게 인생의 깊이가 어린 얼굴을
여태껏 본 적이 없다
몇십 번을 되돌려 노래를 감상하다가
뒤늦게 그의 왼쪽 가슴에 꽂힌
노란 세월호 표식을 보고
나는 벼락에 맞은 것처럼 심장이 멎었다

지상 최고의 헌사였다

(2018. 10. 24.)

제5부

블랙리스트 1

1987년 늦가을 대구경북 민족문학회를 결성하고
대구시에 문예진흥금을 신청하러 갔더니
담당 공무원이 서류를 제대로 보지도 않고 내던지듯 했다
모욕감을 느꼈고 물론 보조금을 받지도 못했다
이때부터 민족문학은 대구에서 블랙리스트였다
모든 지원에서 차별을 받거나 배제되었다
지원은커녕 취업에서도 일상생활에서도
공공연히 불이익을 받았다
문화 예술에 민족이나 민주가 들어가면
빨갱이로 몰리거나 사갈시되었다
외로운 섬, TK에서 동지들은 블랙리스트 아래서
30년을 살았다
꽁꽁 얼어붙은 얼음장 밑에서
겨우 숨을 쉬면서 겨울을 버티는
마치 송사리 떼 같은 그 여린 영혼들로 견뎠다
아, 아 30년도 전에 40년도 전에 이미

(2017. 2. 11.)

블랙리스트 2

문학 모임에서 후배 하나가 정대호 시인에게
이번에 블랙리스트에 안 오르셨어요? 하고 물었다
평소 과묵하기로 소문난 정 시인이
"우린 평생 블랙리스트에 오른 채 살아와서
지금 떠드는 것이 새삼스럽지도 않아요" 하고 대꾸한다
1980년, 경북대 복현문우반 때
광주사태에 걸려 구속 살고부터
민족문학과 민중시를 써온 그것 때문에
짱짱한 실력 있는 국문학 박사이되
평생을 입시학원과 대학 시간강사로 떠돈
그의 회한이 언뜻 비친 듯하다
박근혜 정권이 블랙리스트를 만들기 전에도
이미 블랙리스트가 있었다
인생을 정의롭고 바르게 살려다
블랙리스트라는 거미줄에 걸려
파닥거리며 살아온 인생이 한둘이 아니다
말이 없는 정 시인도 그런 블랙리스트 가운데 하나이다

(2017. 2. 11.)

동평양 대극장에서

동평양 대극장에서
김정은 국무위원장과 나란히 서있는 사람

도종환 시인
분단시대 문학 동인

그가 장관이 되어
통일의 노둣돌이 되어

동평양 대극장 난간에 서있다
민족의 희망 위에 서있다

오늘 밤은 이게 시詩가 아니어도 좋다
오늘 밤은 나는 시인詩人이 아니어도 좋다

도종환 만세
분단시대 시인 만만세!

(2018. 4. 2.)

가야산 시인

비 오는 어느 날 저녁
창경궁과 성균관대 담벼락을 따라 산책하다가
심산 김창숙 선생이 살던 집이라는 표지석을 보았다
어둠과 질곡의 시대
민족의 동량을 키우기 위해
대학을 세우고 그 정문 앞을 지켰나 보다
심산은 경상북도 성주 사람
가야산의 기개가 그를 키운 것이다
명산 가야산이 키운 그윽한 또 한 사람
배창환 시인
그는 전교조로 고등학교에서 쫓겨났다
교실 밖 풍찬노숙에서도
그는 학생들에게
올바른 시가 무엇인지를 묻고
인간답게 사는 게 어떤 것인지를 물었다
심산 김창숙은 일제가 고문해
말년에 앉은뱅이가 되어 죽었지만
10년 쫓겨난 배창환은 경제가 앉은뱅이가 되었다
정신병원보다 비이성적이고
아우슈비츠보다 더 참혹했던

일제와 독재정권 속에서도

꿋꿋이 꽃 핀 그 순정한 가야산 사람들

(2018. 7. 16.)

심우장에 올라
—만해萬海 선사를 그리며

소슬한 가을볕 아래
성북동 산비알 심우장을 오른 것은
서울에 와서
내가 가장 잘한 일

북향으로 돌아앉은 처마 아래 마루에 걸터
멀리 도심 변두리 가옥의 지붕이나
아파트 모서리를 바라보며
인생의 총체적 간난을 생각하는 것도 소소한 재미

그러나 총독부를 등지고
세속의 명리를 등지고
님을 찾아 방황하고 고투한 이의 목소리를
가만히 귀 기울여 듣는 것

그 속에서 높이 날고 멀리 바라보고
끝내 가 닿을 수 없는 한계를 인식하고도
피 흘려 싸우는 정신의 고매함을 느끼는 것
그 아름다움을!

(2019. 2. 12.)

장단콩

분쟁 국가 출신인 이라크 대사의 제안으로
한반도의 155마일 DMZ
판문점과 도보다리를
49개국 100여 명의 외교관들이 견학하게 됐다

아프리카, 이슬람, 유럽 등 각양각색의 입맛
돼지고기와 생선을 피해
장단콩 요리로 점심을 해결했다

두부, 비지, 콩조림, 콩육전 등
비무장지대 장단에서 자란 장단콩이
까다로운 세계의 입맛을
일순간에 평화롭게 해결했다

문득, 콩만도 못한 인간들이라는 생각을 했다

(2018. 9. 7.)

도보다리

DMZ 안 도보다리
만하晚夏의 짙은 녹색을 배경으로 더욱 푸르다
다리 밑 막 패기 시작한 벼 이삭
물을 흡수해 몸집을 키우는 상수리나무 열매
그 위를 지나는 고압선과 굵은 통신선
여름 햇살을 반사시키는 여전히 날카로운 철조망 가시
유엔군인가? 이국 병사의 푸른 눈과 큰 코
매미 소리 아득한 목木 도보다리 위로
전쟁과 한반도 정세를 아랑곳하지 않고
뭉개 뭉개 흰 구름이 평화롭게 흘러간다

(2018. 9. 7.)

철조망

경북 왜관읍 미군 부대 담벼락
시멘트 블록 위로 날카로운 철조망이 쳐져 있다
그 철조망 아래 담벼락에
구상 시인의 초토의 시가 쓰여 있다
처참한 동족상잔의 상흔
주둔군의 막사에
한 떨기 꽃처럼 피어난 시여!

(2018. 11. 10.)

운문사 계곡의 솔향기
―김윤수* 선생님 추모시

선생님은 누구십니까?
무엇으로 이 광활한 우주에 왔다가 가십니까?
불보살이십니까?
건달바이십니까?
주변에 한없이 베풀어주신 것으로 봐서는 보살이요
예술쟁이로 한세상을 살다 가는 것으로 보아서는
건달바이시군요.

대구사범 나온 교사의 아들로 이승에 오셨다지요.
심층 깊고 물 푸른 동해를 바라보며
청하 내연산 보경사의 폭포 소리 속에 와서
청도 호거산 운문사 계곡의 솔향기 아래서
그 여린 몸매에 외유내강을 키우셨다지요.

안동에서 국신여객을 타고 급히 가
1984년 대구 맥향화랑 오윤 판화전에서
제가 처음 인사를 드렸던가요?
오윤의 판화를 보면서
당시 내 눈이 얼마나 놀랐던지요?
민중미술의 밭을

그때 이미 크게 갈고 있었던가요?

어쩌다 영남대 교정에서 뵈었던가요?
경대병원 뒤 마당집에서도 뵈었던가요?
조용히 말씀 없으시던
그 선한 눈매는 여전하셨던가요?
보수의 본향 TK에서
경북고를 나오고서 왜 정의와 민주주의를 따르셨나요?
유신과 싸우면서 왜 출세간을 포기하셨나요?

그 험악하던 70~80년대
해직과 투옥을 번갈아 겪으며
양심적 지식인이셨던 선생님은 불보살이셨습니다.
민예총과 민미협의 큰 일꾼이셨던
선생님은 예술의 천干의 산맥이셨습니다.
우리의 존경, 우리의 깊은 사랑
김윤수 선생님
극락왕생, 극락왕생, 극락왕생!

(2018. 12. 2.)

---

* 김윤수(1937~2018): 민중미술운동가, 이화여대·영남대 교수 지냄.

미국 본토로 가라

사드를 경북 성주 성산에 배치한다고 하여
성주 군청 앞마당까지 쫓아가
반대 시를 낭송했더니
이번에는 김천시 남면 코앞에 사드를 배치한다고 한다
사드는 시인을 바쁘게 한다 분노케 한다.
김천시 남면은 민족시인 김종인이 태어나서 자란 곳
그 촌에서 명문 김고에 합격하고
국립 경북사대 국어과 합격해
이제 우리 아들은 나처럼 흙 속에서
두더지처럼 땅을 파지 않아도 되겠구나
선생님이 되겠다, 희망을 갖게 했던 곳
그러나 참교육 시를 쓰고 전교조로 학교서 쫓겨나자
속이 상한 아버지가 한밤중에 술에 만취해
밭둑 베고 하늘의 별을 보며 세상을 한탄하던 곳
아직 구순의 노모가 정정하게 살아계시는 곳
올 초에 스무 평짜리 통나무집을 짓고
구순 노모에게 마지막 효도를 하고 있는 곳
그 남면은 사드 배치 골프장에서 5리 남짓 떨어진 곳
혁신도시는 사드 배치 골프장에서 10리 남짓 떨어진 곳
사드여!

귀신보다 더 무서운 폭력의 무기여

주인이 미국인 무기여, 제발 미국 본토로 돌아가라

아니 지구 밖으로 영원히 꺼져버려라

벼가 누렇게 익어가는 황금빛 들판

그 위를 유유히 날아다니는 붉은 고추잠자리

바쁜 농부마냥 이리저리 뛰어오르는 메뚜기 떼들

초가을 노랗게 말라가는 포도나무 잎사귀 아래

그 유명한 김천 포도

순박한 농부들의 흙빛 얼굴

남면 출신 김종인 시인의 맑은 영혼을 슬픔에

젖게 하지 마라

사드여, 순박한 우리는 평화를 원한다

사드여, 아름다운 한반도는 평화를 원한다

(2016. 9. 25.)

서울 촛불

한국작가회의 본회 새 사무실 입주 고사 및
이사회를 한다기에 영등포 새 사무실에 갔다
옛 마포 사무실이 비록 화려한 것은 아니었으나
영등포 사무실은 초라했다
우선 대구에서 올라가 서울역에서 가기가 어려웠다
택시비도 너무 많이 나왔다
탄핵 정국의 어수선한 시국처럼
표절과 독자의 외면으로 위기에 빠졌다는 한국문학처럼
효용가치가 줄어든 민족문학론처럼
사무실은 서울의 변두리 외진 곳에 어색하게 앉아있었다
고은 선생이 축사를 하시면서
작가회의가 '환지본처'했다고 말씀했다
금강경에 나오는 그 말씀,
초라한 그곳이 문학의 본래 그 자리……
나는 그동안 문학도, 명예도, 돈도
눈을 너무 높은 데 두고 달려왔는가 보다
부산에서 달려온 시인 서 형과 공 형,
전태일의 후예 맹 교수와 광화문역에 도착해 촛불을 들었다
이미 그곳에는 오월시 김 선배, 고 선배 등 문학인들이
밀물처럼 광화문 이순신 동상 밑에서 촛불을 밝히고 있다

그 촛불을 이정표 삼아 환지본처하자

나 자신부터 촌놈으로,

농부의 아들 본래 그 순수한 자리로 돌아가자

민주주의도 본래 그 자리로 돌아가자

국정 농단, 썩어빠진 기득권의 품 안에서

민주주의도 본래 그 자리로 환지본처하자

무엇보다 우선,

나도 오늘 밤 11시 KTX 막차로 빨리 대구로 돌아가자

신새벽 서울의 뒷골목에서

외로움과 추위에 더 얼어붙기 전에……

(2016. 11. 19.)

대구 촛불

박근혜 대통령 탄핵 국회 가결된 다음 날
대구 시내 한일로에 많은 촛불이 켜졌다
구 로얄호텔 사거리에서 시청 사거리까지
도로 절반이 촛불에 점령되었다
대구 도심 길거리에 초유의 촛불 바다가 생겨났다
앗! 그 촛불 바다 상공에 고래가 나타났다
노란 동아줄을 지상에 박고
하늘을 날아다니고 있는 고래
자세히 보니 고래 등에 귀여운 새끼 고래가 다닥다닥 붙
어있다
아니 더 자세히 보니 그 봄 세월호와 사라졌던
아이들이 고래 등에서 두 팔을 치켜든 채 잔뜩 고함을 치
고 있다
지상의 아스팔트에는
대통령 조기 퇴진 구호를 매단 개조된 네 발 바이크 대열이
열린 도로 한쪽을 누비고 있다
꽹과리와 피리를 든 풍물패를 앞세우고
삼덕성당을 지나 유신학원 네거리를 지나
반월당을 거쳐 구 제일극장 앞을 돌 때
군중 속에서 누군가 아, 시인도 나오셨군요, 라고 외친다

돌아보니 참여정부 때 정책수석을 지낸 이 아무개 교수다
또 돌아보니 80년 초 내가 귀때기 새파란 초임 교사 때
내게 『도이치 이데올로기』 복사판을 건네준 민 아무개 선
배 교사
80년대 후반 대명동 변두리에서 노동자문학회를 함께한 후배
옛 출판사 건물 주인아저씨를 오랜만에 만나면서
아, 아, 대구 촛불은 더 붉게 타올랐다
대구에서 이런 장면을 본 게 그 언제였던가?
30년 전 유월항쟁 때 대구 동성로, 중앙로
그 뙤약볕 아래 아스팔트에 누워서
최루탄을 맞으면서도 버티던 그 많던 친구들
그동안 어디 갔다가 이 추운 오늘 밤 촛불로 귀환했나?
이 아름다운 대구 촛불들이여
역사의 뒤안길에서도 결코 다시는 꺼지지 말자 다짐하면서
시내를 한 바퀴 돌고 다시 원위치
집회장 차가운 아스팔트에 삼삼오오 앉자
밤하늘의 별이 하늘 전체를 촛불 바다로 만들고 있었다

(2016. 12. 11.)

살구꽃 봉오리
—대구 '평화의 소녀상'을 위해

살구꽃 봉오리가
봄 하늘을 향해 연분홍 입 열어
막 말을 건네고
들판의 보리 이삭이
비릿한 보리 향기를
초가 동네 입구로 옹알이하듯 흘려보낼 때

영문도 모른 채
일제 순사에게 동네 구장에게 손목 잡혀
멀—리 만주나 남지나해로 끌려간
경상도 고일마을 15세 처녀 남이
긴 댕기 머리가
바람에 나풀거리던 고향 우물가
버드나무는 그대로 서있는데

너는 그 어느 낯선 곳에 어린 육신을 묻었는지
여태 돌아오지 못했구나
혹여 돌아왔다 한들
위안부라 불리는 상처 입은 영혼이 되었구나
태양이 환한 대낮에는 붉은 꽃으로 피고

칠흑같이 깜깜한 밤에는 푸른 별로 피어

부디, 가난한 이 민족의 이마에 오래 빛나라

(2017. 2. 20.)

잠들지 않는 남도

—제주 4 · 3항쟁 70주기를 기억하며
내 20대 젊은 한때

『잠들지 않는 남도』
『유채꽃』에서부터 시작해

『아리랑』
『지리산』『남부군』을 넘어

『어느 청년 노동자의 삶과 죽음』
『아무도 미워하지 않는 자의 죽음』
『꽃도 십자가도 없는 무덤』
『한 알의 불씨가 광야를 불태우다』
『호치민 아저씨』
『스톡홀름 기차역에서』
……까지

정신없이 읽었던 때가 있었다
인간에 대해 알고 싶었다

그러다가 문득 고개를 들어보니
어느덧 환갑을 지난 나이가 되었다

그 인간에 대해서는 여전히 알 길이 없고……

(2018. 2. 24.)

풀무질 서점

서울특별시 성균관대 정문 앞
지하 사회과학 전문서점 풀무질
은 씨 성을 가진 두 형제가 밤늦게까지 일한다
부모님 고향이 경북 군위군 소보면이라니!
내가 젊은 혈기로 출마했던 내 지역구라
표를 얻으러 몇 차례 가 본 적도 있는 첩첩산골이다
작은 은 씨 사장이 아내 몰래 아파트 저당 잡히고
아들 이름으로 은행 융자 받아서
25년을 근근이 버티었는데
마침내 폐업을 할 수밖에 없다고 허탈해한다
저 혁명의 80년대
데모 나가는 대학생들 가방 맡아주고
최루탄 맞은 학생 숨겨 주고
시 소설 읽고 자본론 토론하면서
바른 세상을 만들기 위해 열심히 살았는데
그 끝이 폐업이라니
세상이 해도 너무한다고 울먹인다
서점이 하나둘 망하는 현실
사상의 등불이 하나둘 없어지는 세월
그 야만의 끝은 정녕 어디인가

(2019. 1. 18.)

존재론적 기원을 향하는 '사상의 등불'
―김용락의 시 세계

유성호(문학평론가, 한양대 교수)

1. 하염없이 낮은 '기억의 축도'

대체로 서정시는 시인 자신의 존재론적 기원(origin)에 대한 기억과 고백과 재현의 과정을 거치면서 동질적인 자기 확인의 과정을 하나하나 밟아간다. 비록 그것이 집단적이고 타자 지향적인 경험을 담고 있다 하더라도, 서정시의 근원적 존재 방식은 궁극적으로 그 기원으로의 귀환을 시도하는 데서 형성되기 때문이다. 따라서 그 저류底流에는 시인 자신이 겪어온 경험 가운데 가장 뿌리 깊은 기억이 녹아있게 마련이다. 김용락의 여섯 번째 시집『하염없이 낮은 지붕』(천년의시작, 2019)은 이러한 서정의 원리를 충실하게 구현하면서 그 힘과 아름다움을 일종의 공공적 사유로 확장해 간 사례로 다가온다. 그만큼 이번 시집은 오랫동안 축적해 온 시간을 불러 일종의 '기억의 축도縮圖'로 그려낸 결실인 셈이고, 그 안에는 살아온 날들 동안 만나온 사람들, 사물들, 순간들을 통해 불러보는 시인 자신의 존재론적 기원이 웅크리고 있다. 이들은 대개 한없는 그리움에 감싸여 있으면서 구체적인 경험적 세목을 보여 준다는 점에서 이번 시집의 수일秀逸함에 크게 기여하고 있다. 이제 그가 그려 보여 주는 그 하염없이 낮은 '기억의 축도' 안으로 들어가 보도록 하자.

2. 구체적 감각과 근원적 사유

모든 시인은 자신이 살아온 시간들을 되새기면서 그 시간에 대해 자신만의 고유한 의미를 형상적으로 부여해 간다. 그 시간이 남긴 미적 문양이야말로 자신만의 삶이 남긴 예술적 형식일 터이고, 서정시가 내장하는 가장 중요한 정서적 내질內質이 될 것이기 때문이다. 그 점에서 모든 서정시는 일종의 '시간예술'이 아닐 수 없는데, 김용락이 비교적 광폭의 공간 이동을 통해 바라보는 사물이나 순간도 결국에는 그러한 의미에서의 시간예술로서의 속성을 잘 보여 준다 할 것이다.

몽골 수도 울란바토르에서

북쪽으로 1500km 떨어진 러시아 접경

그래서 전기도 러시아 전기를 끌어다 쓴다는

절전한다고 오전 4시간을

예고 없이 정전을 해 사람을 놀라게 하는

일제 신형 도요타 지프차로 17시간

칭기즈칸 국제공항에서

국내선 프로펠러 비행기로는 3시간 30분

산속 중의 산속, 깊은 원시

오브스주州의 주도 울란곰은

멀리 설산을 배경으로

동화 속의 집들처럼 빨강 파랑

낮은 지붕들로 작은 마을을 이루고 있다

저렇게 하염없이 지붕 낮은 집에는

분명 이 세상에서 가장 착한 사람들이

살 거라는 믿음을 주는 울란곰

시골 초등학교에 '땡큐 스몰 라이브러리'

작은 도서관을 지어주었다

착한 영혼의 등불을 한 채 켜주었다

—「오브스州 울란곰」 전문

몽골의 "울란곰"은 수도 울란바토르에서 북쪽으로 한참 가야 도착하는 러시아 접경 지역의 "오브스州의 주도"라고 한다. 가끔 전기도 끊겨 사람을 놀라게 하는 "산속 중의 산속, 깊은 원시"가 살아있는 울란곰은, 뒤로는 멀리 설산雪山을 후경으로 두르고 있고 동화에나 나올 것 같은 "낮은 지붕들로 작은 마을을 이루고 있다". 시인에게 그것은, 마치 동화 속의 이야기처럼, "이 세상에서 가장 착한 사람들이/ 살 거라는 믿음을 주는" 풍경이자 순간으로 다가왔을 것이다. 그 사람들에게 "착한 영혼의 등불"처럼 켜진 작은 도서관을 지어준 이야기를 배경으로 하고 있으니까 말이다. 그렇게 "착한 영혼의 등불" 한 채는 가끔씩 정전이 되어 어둑해지는 곳을, 하염없이 낮은 지붕에서 살아가는 착한 가족들을 한동안 밝고 따뜻하게 밝혀 줄 것이다. 여기서 시인이 노래한 "영혼의 등불"은 "운명運命의 광채"(「파나마에서」)처럼, "사상의 등불이 하나둘 없어지는 세월"(「풀무질 서점」)을 밝히는 김용락 시학의 궁극적 지남指南으로 나타난다. 시원始原의 순수성과 아름다운 사랑을 지키려는 그 등불의 하염없이 낮은 흔들림이 이번 시집을 감싸고 있는 것이다.

> 몽골 대평원에 양 떼들이 평화롭게 풀을 뜯고 있다
> 푸른 하늘에는 양떼구름이 유유히 흘러간다
> 이렇게 선善한 것들이 남모르게 이 세상을 이끌어가는
> 가 보다
>
> ─「양羊」 전문

평화롭고 무구한 몽골 대평원에서 살아가는 양 떼들이 풀을 뜯고 있는 장면 또한 동화 속 장면처럼 순수하고 아름답게 다가온다. 그 위로 펼쳐진 푸른 하늘에 유유하게 흘러가는 "양떼구름"도 "이렇게 선善한 것들"이 되어 "남모르게 이 세상을 이끌어가는" 존재자들로 나타난다. 진짜 '양¥ 떼'와 형상으로서의 "양떼구름"이 가장 아름다운 "신神의 유품"(「빈집」)처럼 심장으로 가까이 다가오는 순간을 시인은 이렇게 산뜻하고도 선명하게 잡아낸 것이다.

이러한 김용락 시인의 감각은 멀리서 잠깐 마주친 풍경과 장면을 거울처럼 반영하지 않고, 그것을 내면으로 해석하고 배열하여 스스로 살아가는 존재자들이게끔 만들어준다. 그래서 그의 시는 구체적 감각에 의해 촉발되지만, 생명을 아끼는 근원적 사유에 의해 논리를 얻는 과정을 밟아나간다. 이 점 매우 중요한 김용락 시집의 성취일 것이다. 이러한 지향은 하찮고 소소한 사물들을 시의 문맥으로 정성껏 불러내는 시인의 태도를 불러오면서 김용락으로 하여금 커다란 이념적 접근을 통해 현상에 다가가지 않고 우리 주위에 흩뿌려져 있는 뭇 존재자들에 대한 사랑을 통해 생명의 본원적 가치에 다다르는 시인으로 우뚝 서게끔 해준다. 이번 시집이 이루어가는 확연한 미학적 차원이 아닐 수 없다.

3. 역사의 구체를 통한 우리의 성찰

그런가 하면 김용락의 목소리는 세계내적 존재로서 가지는 슬픔 같은 것에 초점이 맞추어져 있다. 하지만 그러한 슬픔을 그는 우울한 비관이나 비약적 초월로 노래하지 않는다. 오히려 그는 그것을 자기 긍정으로 바꾸어가는 내적 계기들을 만들어가면서, 사물에 대한 외경畏敬과 삶의 보편적 형식에 대한 믿음을 만들어간다. 그의 시편은 오솔길에 놓인 돌 하나에 대한 미적 동경에서 발원하기도 하고, 그것들이 보석으로 바뀌어가는 역설의 시선에서 시작되기도 하니까 말이다. 그러한 동경과 역설을 만들어내는 것은 그의 시편에 편재해 있는 소중한 기억들인데, 우리는 먼 이역異域에서 만난 풍경과 순간에서도 시인의 그러한 사유 방식을 만날 수 있다. 몽골에서의 기억이 상대적으로 원형적인 것이었다면, 다음 기억들은 좀 더 역사의 구체에 가 닿고 있다.

　　　캄보디아 수도 프놈펜에서
　　　100km 떨어진 상이용사촌 학교

　　　초중고 전교생 2천여 명이
　　　점심도 거른 채 하교를 늦추고 있다

　　　한국에서 온 축구공과 학용품
　　　그걸 기다리는 아이들의 피곤한 표정

경상북도 오지 단촌국민학교 운동장
미제美製 우유와 옥수숫가루 배급을 줄 서 기다리던

영양실조로 파리한 얼굴의 내 모습을
50년 만에 여기서 만날 줄 정말 몰랐다
　　　　　　　　　　　　　—「캄보디아 시편 2」 전문

　캄보디아는 한때 킬링필드라는 잔혹한 역사로 세상에 알
려지기도 했고, 지금은 밀림 속 신비한 사원 앙코르와트로
유명하기도 하다. 시인은 캄보디아의 수도 프놈펜에서 조
금 떨어진 "상이용사촌 학교"에 "축구공과 학용품"을 전달
하는 과정에서 하교를 늦춘 채 "초중고 전교생 2천여 명"이
기다리는 모습을 바라본다. 그리고 피로에 찌든 아이들의
표정 속에서 자신의 어린 시절 곧 "경상북도 오지 단촌국민
학교 운동장/ 미제美製 우유와 옥수숫가루 배급을 줄 서 기
다리던" 순간을 떠올린다. "영양실조로 파리한 얼굴의 내
모습"을 반세기 만에 이곳에서 다시 만난 것이다. 그러한
어떤 겹침의 순간은 "풍요와 자유가 넘치는 내 조국에서도/
한때 이런 처절한 학살과 살육의 역사가/ 존재했다는 사
실"(「캄보디아 시편 1」)을 알게 해준 캄보디아의 역사성과 함께
"벼락에 맞은 것처럼 심장이"(「헌사獻詞」) 멎는 순간성을 시인
에게 가져다주었을 것이다.

1950년대

대한민국 한 모더니스트 시인은

「인도네시아 인민들에게 주는 시」를

그들에게 바친 적이 있다

300년을 구미 자본주의에게

살과 뼈와 피를 발긴

약소민족 인도네시아 인민을 노래한 적이 있다

그 인도네시아

제3세계 인민들이 인류의 적 제국주의를 물리치자고

머리를 맞댄 반둥에 왔다

반둥 공과대학 무성한 숲 담장 넘어

가난한 옷차림의 공과대 학생들이 걸어가고

하수도가 안 된 도랑 위로 빗물이 넘쳐흘러

도로는 이 나라 역사처럼 질퍽하고 축축했다

이미 21세기 자본주의 전사가 된

그 시인의 후배 시인 한 사람이

코리아에서 한류를 펼치러 왔다가

동병상련 스스로 슬픔에 젖어

남루한 그 풍경이 익숙한 듯

말없이 빗속의 거리를 걸어갔다

— 「인도네시아 반둥에서」 전문

전후戰後 모더니스트였던 박인환朴寅煥은 「인도네시아 인
민들에게 주는 시」라는 작품을 통해 "구미 자본주의에게/

130

살과 **뼈**와 피를 발긴/ 약소민족 인도네시아 인민"을 노래한 바 있다. 그런데 박인환의 후배 시인 하나가 "우리와 같은 식민지의 인도네시아"(박인환, 「인도네시아 인민에게 주는 시」)에 한류를 펼치러 "제3세계 인민들이 인류의 적 제국주의를 물리치자고/ 머리를 맞댄 반둥"에 왔다가 그만 "동병상련 스스로 슬픔에 젖어/ 남루한 그 풍경"을 발견하게 된 것이다. 그곳에는 "케이팝 한류를 전파하러 온/ 나를 붙들고/ 고향 까마귀라며"(「파나마에서」) 흐느끼는 이들도 있었을 것이다. 이제 "21세기 자본주의 전사"가 되어 살아가는 "가난한 옷차림의 공과대 학생들"과 도랑 위로 빗물이 넘쳐흐르는 도로는 "이 나라 역사"의 음영陰影을 짙게 보여 주지만, 시인은 지구 곳곳을 들르며 "강대국의 억압 속에서/ 민중들이 얼마나 많은 피를 흘려"(「베트남 붕따우 예수상」)왔으며 "다시는 그런 야만의 시대가 오게 해서는 안 된다는"(「입경入京」) 것을 생각한다. 가녀리게 밝혀 가는 그 "사상의 등불"이 아직은 우리를 따뜻하게 감싸고 있는 것이다. 가야 할 길이 멀다.

이렇게 김용락의 시는 인류의 오랜 시간을 다루면서 큰 스케일의 공간 이동을 통해 그 역사가 가지는 동질성과 현재성을 노래한다. 이러한 시간에 대한 경험으로서의 역사적 기억들은 짙은 서정성으로 나타나기도 하지만 일견 우리의 역사로 이월되는 순간적 결속의 과정을 보여 주기도 한다. 몽골도, 캄보디아도, 인도네시아도, 베트남도, 남미南美도 모두 우리 역사와 이형동궤異形同軌였던 셈이다. 그만큼 김용락은 역사의 구체를 통한 우리의 성찰 과정으로 시를 쓰고 있고, 곳곳에서 가장 치열하게 살다가 사라져간 이들에 대한 경의와 슬픔을 표하고 있는 것이다.

4. '가족'과 '시'라는 존재론적 기원

원래 기억이란 과거를 현재적 사건으로 만드는 행위 일체를 말한다. 그래서 과거를 현재적 감각으로 되살려 충만한 현재형으로 만드는 것이 기억의 직능이라고 할 수 있다. 이는 시간의 불가역성不可逆性을 거스르는 상상적이고 역동적인 과정으로서, 서정시 안에서 특권화된 시간의 재현 과정이라 할 것이다. 그렇게 서정시는 지나간 기억을 현재화하여 '충만한 현재형'으로 복원하고, 비록 그것이 순간적이고 상상적인 탈환일지라도 그것을 선명하고 생생한 현재적 실재로 만들어낸다. 이때 시인은 서정시야말로 가장 감각적인 현재형으로 기억을 현전시키는 과정임을 증언하게 된다. 그 가운데 가장 중심이 되는 기억의 대상이 바로 '가족'으로 대표되는 존재론적 기원이다.

농사짓던 경북 안평 큰누님이
보내준 잘 찧은 쌀로 한때 살았다
그 누님 폐암으로 돌아가시자
퇴직 후 고향에서 농사짓던
안동 소산리 셋째 매형이 보내준 쌀로

역시 한 시절을 먹었다

매형 교통사고로 불의에 가신 뒤

나는 쌀이 없어 밥을 못 먹었다

아니 쌀이 생겨도 밥을 못 먹었다

그래도 배가 고프지 않았다

아, 영원할 것 같은 이 슬픔이여

—「쌀」 전문

아흔한 살 노모가

예순이 된 아들에게 전화를 걸어

오늘 아침이 네 생일이라면서

고기 사줄게 하면서 먼 시골집에 오라고 하신다

혈관성 치매와 뇌졸 후유증으로

고기가 쪼비로 들릴 만큼 발음도 분명치 않다

바빠요! 하며 아들은 버럭 소리를 친다

아들이 지난 60년간

도시都市를 전전하며 기름진 살코기를

얼마나 많이 먹으면서 살아왔는지를

그래서 아랫배가 탐욕스런 비만이 된 걸

시골의 어머니만 모르신다

—「고기」 전문

옛 농경사회에서 "쌀"은 일용할 양식이었고 "고기"는 어쩌다 찾아오는 특별한 양식이었을 것이다. 시인은 "쌀"과

"고기"에 얽힌 가슴 아린 이야기를 여기 남겨 놓고 있다. 시인의 가족사에 등장하는 분들은 고향인 경북 의성을 중심으로 배치되어 나타난다. 한때 시인은 "농사짓던 경북 의성 안평 큰누님이/ 보내준 잘 찧은 쌀"로 살았다. 하지만 누님이 돌아가시자 "퇴직 후 고향에서 농사짓던/ 안동 소산리 셋째 매형이 보내준 쌀"이 한 시절을 채워주었다. 그러다가 매형조차 돌아가시자 "쌀"이 사라져버렸다. 아니 쌀이 생겨도 시인은 "밥"을 먹지 못했고 그래도 배가 고프지 않았다. 어쩌면 "영원할 것 같은 이 슬픔"만이 일용할 양식이었는지도 모른다. 그런가 하면 "아흔한 살 노모"께서 "지난 60년간/ 도시都市를 전전하며 기름진 살코기를" 많이 먹고 살아온 아들에게 전화를 거려서 "오늘 아침이 네 생일이라면서/ 고기 사줄게 하면서 먼 시골집에 오라고 하신" 장면은, "혈관성 치매와 뇌졸 후유증으로/ 고기가 쪼비로 들릴 만큼 발음도 분명치" 않으신 어머니의 한 세월을 처연하게 증언해 준다. "시골의 어머니만 모르신" 그 세월이야말로 "배고팠던 농경문화 끝 세대/ 애절하고 슬픈 정서가 몸에 밴"(「BTS 에게」) 시인에게 "존재의 하염없는 슬픔"(「밤 비행」)을 전해 주지 않았겠는가.

이처럼 김용락에게 가족들에 대한 기억이란 마치 고고학자의 시선처럼 과거 풍경을 재현하면서 동시에 그때의 한순간을 현재의 존재론으로 구성해 내는 원리를 함의한다. 그의 시에서 이러한 구성을 가능케 해주는 "가족"은 가장 견고하고 원형적인 서사적 얼개를 형성하면서 그의 가장 깊은 존재론적 기원이 되어주고 있는 것이다. 그것은 "의성" "시골" "단촌" "고향" 등으로 끝없이 변주되면서 현재 시인의 시선에 의해 선택되고 재구성된 어떤 기원으로 다가온다. 그 점에서, 시인이 선택하고 배치하는 기억은 현재의 시인이 가장 결핍을 느끼고 있으며 회귀를 갈망하는 형식을 고스란히 담고 있는 셈이다. 그리고 시인이 회상하고 재현해내는 기억 역시, 지금 자신이 잃어버리고 살아가는 원형적이고 아름다운 것들에 대한 그리움에서 발원하는 것일 터이다. 다음에 등장하는 것이 "시詩"라는 또 나의 존재론적 기원이 되는 까닭도 여기에 있을 것이다.

가난한 농부의 아들로 태어났으니
애초 돈과는 인연이 없고

야생마처럼 자라면서도
부와 명예에 그다지 매이지 않았으며

인생에 특별한 재주 또한 없어
시인이 되었으니

바랄 게 뭐 또 있으며
이 세상 눈치 볼 게 뭐 더 있으랴

하늘에 계시는 하늘님만 믿고

좌고우면 없이 오로지 직진 인생이다

—「시인」 전문

서울에 와서
내 시詩의 목표가 상실됐다

울분과 분노의 표적이 없어졌다
대구에서 60년간 싸웠던

그 지독한 투쟁 의지가
허공에 메아리쳐 날아갔다

서울 사람들한테는
있는지 없는지 볼 수가 없다

인간에 대한 진지한 고민이
민주주의에 대한 진짜 고민이

—「서울 시편 3」 전문

시인은 스스로 "가난한 농부의 아들"로 태어났고 "야생
마처럼 자라면서도/ 부와 명예에 그다지 매이지" 않아 결
국 "시인"이 되었노라고 고백한다. 그래서 농부처럼 야생마
처럼 "하늘에 계시는 하늘님만 믿고/ 좌고우면 없이 오로지
직진 인생"을 살겠노라고 다짐한다. "인생에 특별한 재주"

도 없으니까 말이다. 그러니 "평생을 농부로 살아온/ 무뚝뚝하고 말이 없으시던 6남매 아버지"(『회갑回甲』)도 '시인 김용락'을 가능하게 한 셈이고, "도저히 고칠 수 없는 불치병!"(『불치병』)으로서의 시 쓰기 또한 "농부의 아들인 것"(『지옥에서 보낸 한 철』)을 실존적 자산으로 삼아온 자신에게 어떤 실존적 연속성을 부여해 준 것이다. 그런데 정작 '서울(도시, 세상, 타향)'에 와서 그 "시詩의 목표"가 상실되었다고 시인은 또 다른 고백을 이어간다. 젊은 날을 지탱해 주었던 "울분과 분노의 표적"이 없어졌고, '대구(시골, 의성, 고향)'에서 60년간 가졌던 투쟁 의지도 날아갔기 때문이다. 그가 "서울 사람들"에게 느낀 것은 "인간에 대한 진지한 고민이/ 민주주의에 대한 진짜 고민이" 있는가 하는 것이었으니 말이다. 그들의 내면에서 "빛나는 이 가을을 수락한 신神의 손짓"과 "변두리가 유독 아름다운/ 지상의 이 겸허"(『수락산』)를 발견할 수 없었던 것이다.

이처럼 김용락의 시는 '고향'과 '유년'과 '가족'과 '시 쓰기'의 기억에 묻힌 흔적들로 충일하다. 그것은 사물과 내면의 조응을 바탕으로 삼으면서 궁극적인 삶의 기율로 승화하려는 정신적 의지를 한결같이 보여 준다. 그 안에 지난날을 향한 순연한 그리움이 있다 하더라도 우리는 그것이 퇴영적 위안에 머무르지 않고 오히려 삶의 깊은 에너지를 내장하는 쪽으로 나아가고 있다고 이해할 수 있다. 시간의 흐름 속에서 이루어가는 사물의 구체성과 투명한 내면의 결속이 아름다운 풍경으로 화하고 있는 것이다. 그렇게 그의 시는 살아온 날들에 대한 그리움과 사랑의 마음을 애잔하게 노래하면서, 지나온 시간 속에 머물러 있는 사람들, 풍경들, 사물들을 정성스레 불러내어 시간의 풍화를 타지 않은 기억으로 풀어 보여 준다. 그래서 그의 이번 시집은 절실한 그리움의 세목들로 하나하나 짜여져 있다고 할 수 있고, 가장 근원적인 가치를 지닌 구체적 인물과 사물과 순간을 호출하는 방법을 통해 아름다운 기억의 향연을 펼친 것이다. 말할 것도 없이 이러한 구체성은 삶의 보편성과 결속하여 앞으로도 삶의 궁극적 원형을 탐색하려는 그의 시적 원질原質이 되어줄 것이다.

5. 우리 역사 속의 공공적 기억들

주지하듯 서정시는 시인 자신의 고백적 발화에서 펼쳐지고 완성된다. 하지만 시인이 포착하고 노래하는 대상이 일종의 공공성을 띰으로써 사회적 확산을 가져오는 경우에는 그러한 고백이 궁극적 회귀의 속성과 함께 타자를 향한 강렬한 지향을 띠게 된다. 물론 이때 회귀의 속성이란 철저하게 고립된 개인적 차원을 뜻하는 것이 아니라, 타자들을 포괄하면서 동시에 다시 개인으로 귀환하는 과정을 함의하는 차원을 말한다. 김용락의 시는 구체적 삶의 맥락을 통해 서정시가 가지는 타자 지향의 원심력과 자기 회귀의 구심력을 동시에 보여 주는 확연한 실례이다. 아닌 게 아니라 그

는 타자들에 대한 가없는 사랑을 통해 원심과 구심이 만나
는 선명한 지점을 노래하고 있지 않은가. 다음과 같은 공공
의 기억들을 만나보자.

영화 『1987』을
2017년 마지막 날 자정 12시에
대학로 지하 극장에서 봤다
이미 역사가 된 1987년은
내가 아침에 눈만 뜨면 최루가스 냄새를 맡고
시위를 하러 대구 시내를 돌아다니던 30년 전이었다

영화에서 양심적인 교도관으로 나오는
전 아무개의 친형님 전성용 선생은
당시 나와 내 또래의 많은 젊은이들에게 참 어른이었다
그는 월남하여 대구에 정착했으나
결핵으로 일찍 또 다른 세상으로 건너갔지만
살아서 우리들에게 많은 가르침을 주고 간 무명無名의
스승이었다

성대 결핵의 후유증으로
마치 비 오는 밤 귀곡성 같은 목소리로
김 시인, 시인은 시대에 정직해야 되는 겁니다
그렇게 말하곤 하던 모습이
영화의 한 장면 같이 오버랩되었다

죽음이 시대를 억누르던 고통의 순간에도
자신에게 정직하고자 했던 사람들의 모습을
영화 『1987』에서 나는 다시 보았다
한 해의 마지막 밤을 흐느껴 울었다

—「1987」 전문

「1987」(장준환 감독)은 그 시대를 청년으로 살았던 이들에게 일종의 윤리적 부채감으로 남아있던 박종철과 이한열의 죽음을 그린 영화였다. 그로부터 30년이 지난 "2017년 마지막 날 자정 12시"에 이 영화를 본 시인은 "이미 역사가 된 1987년"을 환하게 떠올린다. 그 영화에서 양심적 교도관으로 나오는 "전성용 선생"은 당시 시인이 믿고 의지하던 "참어른"으로 기억되는 분이었다. 월남하여 대구에 정착했으나 결핵으로 일찍 세상을 등진 분이지만, "살아서 우리들에게 많은 가르침을 주고 간 무명無名의 스승"이었다. 시인에게 시대에 대한 정직을 당부하고 "죽음이 시대를 억누르던 고통의 순간에도/ 자신에게 정직하고자 했던 사람들의 모습"을 남겨 주었던 그분의 잔상 속에서 시인은 "한 해의 마지막 밤을 흐느껴" 운 것이다. 그렇게 김용락의 시 쓰기는 때로는 "님을 찾아 방황하고 고투한 이의 목소리를/ 가만히 귀 기울여 듣는 것"(「심우장에 올라」)이 되기도 하고, "스스로가 슬퍼 깊게 울 뿐"(「매미」)인 한 시절을 뜨겁게 증언하는 과정이 되기도 한다. "적막하고 쓸쓸한 게 시골 교회의 참 아름다움"(「단촌교회」)이라는 것을 온몸으로 말하고, "순박한 농

부들의 흙빛 얼굴"(「미국 본토로 가라」)이야말로 가장 순수하고
아름다운 것임을 노래하는 것이다. 그러고 보니 그의 시집
안에는 그러한 노래를 함께 불러왔던 권정생, 이오덕, 전우
익, 김윤수, 도종환, 권오현, 정대호, 김종인, 배창환 등이
실명으로 그대로 나온다. 유년 시절의 친구들까지 더해져 시
인으로서는 "그 고마운 친구들을 보며 시를 쓰지 않을 수"(「단
촌국민학교 38 동창」) 없다고 고백하는 것이다.

살구꽃 봉오리가
봄 하늘을 향해 연분홍 입 열어
막 말을 건네고
들판의 보리 이삭이
비릿한 보리 향기를
초가 동네 입구로 옹알이하듯 흘려보낼 때

영문도 모른 채
일제 순사에게 동네 구장에게 손목 잡혀
멀−리 만주나 남지나해로 끌려간
경상도 고일마을 15세 처녀 남이
긴 댕기 머리가
바람에 나풀거리던 고향 우물가
버드나무는 그대로 서있는데

너는 그 어느 낯선 곳에 어린 육신을 묻었는지

여태 돌아오지 못했구나

혹여 돌아왔다 한들

위안부라 불리는 상처 입은 영혼이 되었구나

태양이 환한 대낮에는 붉은 꽃으로 피고

칠흑같이 깜깜한 밤에는 푸른 별로 피어

부디, 가난한 이 민족의 이마에 오래 빛나라

　　　　　　　　　　　　　　—「살구꽃 봉오리」 전문

　이번에 시인의 시선은 "살구꽃 봉오리"에서 연상되는 대구 "평화의 소녀상"을 향한다. "살구꽃 봉오리"가 봄하늘을 향해 말을 건넬 때 영문도 모른 채 일제에게 끌려 "만주나 남지나해로 끌려간/ 경상도 고일마을 15세 처녀 남이"를 생각해 본다. "긴 댕기 머리가/ 바람에 나풀거리던 고향 우물가/ 버드나무"는 그대로 서있지만, 그녀는 어느 낯선 곳에서 결국 돌아오지 못했다. 돌아왔다 하더라도 이 땅은 그녀를 "위안부"라 칭하면서 더욱더 그녀를 "상처 입은 영혼"으로 만들었을지도 모른다. 시인은 그녀의 짧고도 아픈 일생을 두고 "태양이 환한 대낮에는 붉은 꽃으로 피고/ 칠흑같이 깜깜한 밤에는 푸른 별로 피어/ 부디, 가난한 이 민족의 이마에 오래 빛나라"고 노래한다. 그렇게 그녀는 시인에게 "이 세상에 태어나 눈물을 흘린/ 가장 짧은 문장"(「동지가 쓰러졌다」)으로 남은 것이다.

　결국 김용락의 시는 시원과 묵시默示를 오가는 커다란 스케일을 보이면서도 그것을 '재현의 리얼리티'로 담아내지 않고 자신의 현재적 존재론으로 형상화해 가는 놀라운 균형 감각을 지니고 있다. 그 점에서 그는 시인이야말로 꺼져가는 "사상의 등불"을 살리는 존재임을 역설해 간다. 그때 그는 단순하게 기억을 재현하는 시인이 아니라, 위반과 전복을 상투적 전략으로 삼는 시인이 아니라, 존재에 대한 가없는 슬픔과 그리움을 편재화遍在化하면서 자신의 기억에 공공성을 부여해 가는 시인으로 거듭나게 된다.

6. '영혼의 등불'을 품은 '사상의 등불'로서의 시 쓰기

우리가 잘 알듯이 서정시는 시인 자신의 실존적 고투를 실질적 내용으로 삼는 고백 양식이다. 거기에는 한 시대의 원리로 기능하는 이성의 힘과 길항하면서, 시인 자신의 개성적 사유와 감각을 통해 새로운 상상적 질서를 구축하려는 열망이 담겨 있다. 물론 그러한 열망은 아방가르드들이 보일 법한 파격적 모험 정신과는 거리가 먼 것이다. 오히려 그것은 상실된 서정시의 위의威儀를 세우려는 고전적 열망과 닿아있는 어떤 것이다.

김용락의 시는 이러한 서정시의 속성과 원리에 대한 섬세한 감각, 그리고 삶의 깊은 근원과 구체성에 착목한 의미 있는 미학적 결실이다. 그는 우리 시대의 불모성에 대한 유력한 항체를 만들어냄으로써, 자신만의 고전적인 사유와 감각을 선보이고 있는 것이다. 우리는「오브스주卅 울란곰」과

「풀무질 서점」에서 "영혼의 등불"과 "사상의 등불"을 읽었거니와, 결국 김용락 시인의 원형적 수원水源은 자신이 나고 자란 고향에서 일차적으로 찾아지고 자신이 시간을 바쳐온 그러한 "등불"에 의해 밝혀져 갈 것이다.

또한 시인의 기억을 형성해 주는 보편적 제재 역시 그 스스로 눈물겹게 만나온 사람들과 사물들이었으니, 앞으로도 이러한 것들이 구성해 가는 기억의 시학이 말하자면 김용락 시의 바탕이자 궁극이 되어줄 것이다. 그만큼 그는 어떤 존재론적 기원을 환기하는 시공간에서 생의 근거(ground)를 탐색하고 구성하는 시인이다. 그 세계는 오래도록 반짝일 "영혼의 등불"을 품은 채 또 다른 "사상의 등불"로서의 시 쓰기를 통해 한없이 지속되어 갈 것이다. 그리고 우리는 오랜만에 찾아온 '시인 김용락'의 아름다운 언어와 사유가 한동안 우리 시단을 출렁이게 하는 것을 바라볼 것이다.